U0466337

作者简介

　　陈昂，1992年1月26日出生于山东省滕州市，青年诗人、学者，春草派诗歌代表人物。享有"诗歌王子"之美誉。目前主要致力于新诗创作和中外新诗发展史研究,现任CCTV《中国诗词大会》特邀嘉宾，中国诗歌学会会员，闻一多诗社名誉社长。诗歌作品先后译成英语、法语、俄语、日语、德语等十余种版本。2012年荣获"闻一多诗歌奖"，同年应邀加入中国诗歌学会，2014年诗歌作品《洪荒》选入中学语文课外读本，2015年《漫天飞雪的日子》点击量突破2亿次，全年诗歌点击量突破20亿次，2015年10月应中央电视台《中国诗词大会》节目组邀请参与节目录制，2016年《中国诗词大会》在中央电视台一套、十套播出，同年该档节目在第22届上海电视节获"最佳综艺栏目"奖。著有诗集《漫天飞雪的日子》《陈昂诗选》（上下册）《半面夕阳半面海》《春草集》《中国少年读新诗——漂亮的人生敢于起航》等。

陈昂爱情诗选

暖男情诗

陈昂 著

中国文联出版社

图书在版编目（CIP）数据

暖男情诗/陈昂著. -北京：中国文联出版社，2016.12
ISBN 978-7-5190-2448-2

Ⅰ.①暖… Ⅱ.①陈… Ⅲ.①爱情诗-诗集-中国-当代 Ⅳ.①I227

中国版本图书馆CIP 数据核字(2016)第 320826 号

暖男情诗

著　　者：陈　昂	
出 版 人：朱　庆	
终 审 人：奚耀华	复 审 人：邓友女
责任编辑：曹艺凡	责任校对：李　丽
封面设计：西　子	责任印制：陈　晨

出版发行：中国文联出版社
地　　址：北京市朝阳区农展馆南里10号，100125
电　　话：010-85923077（咨询）85923000（编务）85923020（邮购）
传　　真：010-85923000（总编室），010-85923020（发行部）
网　　址：http://www.clapnet.cn　　http://www.claplus.cn
E - mail：clap@clapnet.cn　　caoyifan2007@126.com
印　　刷：北京兴湘印务有限公司
装　　订：北京兴湘印务有限公司
法律顾问：北京天驰君泰律师事务所徐波律师
本书如有破损、缺页、装订错误，请与本社联系调换

开　本：880×1230	
字　数：80千字	印　张：4
版　次：2016年12月第1版	印　次：2016年12月第1次印刷
书　号：ISBN 978-7-5190-2448-2	
定　价：26.00元	

版权所有　翻印必究

序　言

不记得在哪里看见过这样一句话，美好的人与诗都是可遇而不可求的。

曾听人说过，人生恍如一首诗，能够与美好的诗歌结识，是我们的幸运。而我能有幸读到陈先生的诗集，亦是我的幸运。

诗歌是一种语言生活。说实话，谈起陈昂先生的诗，我有些害怕，一是因为不熟悉，不了解他的生活，不了解他的创作背景，二是害怕自己的愚钝，怕误会了他的诗意。我不知道怎么解读诗歌，但不管怎样也对他的诗有一些自己的看法。

刚打开这本书时，我便被〈爱情的温暖〉这首诗所吸引，"我想把，阳光藏进信笺，寄给预言"，不管信上有没有阳光，但听上去就叫人温暖。带着这份温暖，我看完了这本诗集。"透过天窗看蓝天，眼前拥有的是一片黑暗，寂寞的人会感到孤单"，孤单是一种生活方式，我们会在孤单时感到沮丧，却很少有人把它写成美丽的诗歌。"是谁偷走了你属于我的记忆，无论多么努力，都改变不了你行走的轨迹"，有人说，文字是诗人的画笔,他们用这画笔,为我们描绘出生活的美丽,也许我们真的需要别人来帮助我们寻找生活的美好!

诗歌是一种风格,是一种意境。陈昂先生是春草派诗人,他的诗有自己独特的风格。诗文文笔洁净,意境悠远,像"落叶飞舞的季节,天地间只见夕阳"。像"你像电影一样,在我脑海里回放,最美的不是牵手的夕阳,是我们在一起浪漫的那段时光"。还有"即使假装忘记,也躲不掉曾经的回忆"。诗句中一丝淡淡的忧伤弥漫开来,读完能让人回味悠长。也许你也会有这样的时刻,努力的在路上孤独的奔跑,时光在你身旁无情的走过,而你想要忘掉的记忆,却那么清晰地在脑海里回想。陈昂先生将自己深切的感悟和个人情感渗透到所创作的诗歌当中,用情感去拨动人们的心弦,从而唤起读者的共鸣,共同体会诗意的人生,这也许就是他诗歌创作的成功之处。

最后我想说,对陈昂先生来说,诗歌是心灵光年里的一场梦,是一次奇妙的旅程。而我觉得,写诗是心灵对情感的表达,读诗是对心灵的洗涤,写诗需要境界和感悟,读诗需要情感与共鸣,两个并不熟知的人因为一首诗而产生共鸣,这也许就是诗歌的奇妙之处。

周所同(中国诗歌学会副秘书长)
2016 年 12 月 16 日

目录 Contents

诗歌王子陈昂 / 1

爱情的温暖 / 1

飞絮 / 2

走着走着就单身了 / 3

秋波 / 4

寻人启事 / 5

拐角处的玫瑰 / 6

为你写诗 / 7

爱情和婚姻需要彼此珍惜 / 8

你是我的新娘 / 9

月殇 / 10

蒙娜丽莎的眼 / 11

寂寞的人会感到孤单 / 12

除夕夜，她在凝望 / 13

一道道忧伤的光 / 14

流泪的石头 / 15

我不知道你的咖啡什么滋味 / 16

睁着眼入睡 / 17

牡丹香是个温柔的姑娘 / 18

蒙了尘的爱情 / 19

恋爱是一方永不停歇的温泉 / 20

影子里的温柔 / 21

寂寞来敲门 / 22

写给我失恋的影子 / 23

月姑娘的容颜 / 24

爱情是一场美丽的太阳雨 / 25

月亮等待太阳直到天亮 / 26

桃花是哭红的眼睛 / 27

解不透的爱情命题 / 28

爱情火锅 / 29

最美的交杯是一醉方休 / 30

两个车轮的爱情 / 32

丢了的相片 / 33

写给自卑的姑娘 / 34

挥之不去的遗憾 / 35

爱情装睡 / 36

隔岸牵手 / 37

一个丑陋的疤 / 38

姑娘在眺望 / 39

风筝的线 / 40

爱你的心依旧孤单 / 41

恋之歌（初恋）/ 42

恋之歌（热恋）/ 43

恋之歌（失恋）/ 44

欲望是梦想的催化剂 / 45

且行且珍惜 / 46

你不曾相遇的风景 / 47

多情病忧忧地眷恋 / 48

化妆的女孩最自信 / 49

你是个像月亮一样娇羞的姑娘 / 50

写给名叫燕子的姑娘 / 51

鱼在水里飞翔 / 52

生活就是这样寂寞着寂寞着 / 53

女人比男人漂亮 / 54

相遇是偶然相爱是姻缘 / 55

我想问，我钟情的玫瑰 / 56

如若你有意留给我一条爱情小道 / 57

我曾经和你在梦里看海 / 58

把祝福之花放在门外 / 60

眼泪偷偷地融化 / 61

生命中的真爱 / 62

眼眸藏不住忧伤 / 63

初恋躲在对方的眼里 / 64

最美的风景在哪里 / 65

给沙子施上魔法 / 66

摸不着的想念 / 67

苏凡的爱情 / 68

寂寞的找不到边的夜晚 / 69

你的心里飘着雪 / 70

因为懂得所以寂寞 / 71

我多想把已逝的时光典当 / 72

来一杯名叫冷漠的饮料 / 73

捡拾你忽略的美 / 74

大河里的故事 / 75

爱情冷风 / 76

镜子里的自己多么孤单 / 77

热闹的雨总是在路上 / 78

爱情是一只拥有七色羽毛的飞鸟 / 79

爱情里的低头和碰头 / 80

伊人伊人 / 81

爱或不爱 / 82

爱的思维已短路 / 83

你是我的缘 / 84

老婆最漂亮 / 85

告诉我圆圆的月亮 / 86

我的爱情分为两半 / 87

爱情琥珀 / 88

爱情也会流眼泪 / 90

失忆的尽头是回味 / 91

喜欢你的简单 / 92

有爱的世界天不黑 / 93

不要遗失了沙漏里的时光 / 94

守护它的日子总比一个人好过 / 95

愚不可及的爱恋 / 96

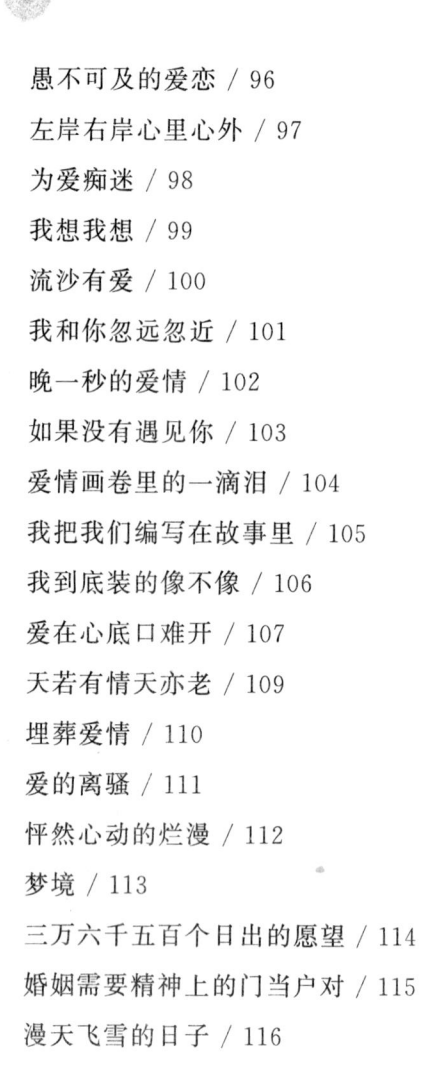

左岸右岸心里心外 / 97

为爱痴迷 / 98

我想我想 / 99

流沙有爱 / 100

我和你忽远忽近 / 101

晚一秒的爱情 / 102

如果没有遇见你 / 103

爱情画卷里的一滴泪 / 104

我把我们编写在故事里 / 105

我到底装的像不像 / 106

爱在心底口难开 / 107

天若有情天亦老 / 109

埋葬爱情 / 110

爱的离骚 / 111

怦然心动的烂漫 / 112

梦境 / 113

三万六千五百个日出的愿望 / 114

婚姻需要精神上的门当户对 / 115

漫天飞雪的日子 / 116

诗歌王子陈昂

陈昂，1992年1月26日出生于山东省滕州市一个普通的知识分子家庭，其祖父、父亲都是当地有名的文化人，陈昂的生活环境文化氛围浓厚，加之父母重视教育，陈昂比其他孩子更早的走进了文学的世界。用陈昂自己的话来说"自己是听着妈妈讲安徒生童话，读着南唐后主李煜的词长大的"。

陈昂享有"诗歌王子"之美誉。说到"诗歌王子陈昂"这一称号最早是由原中国诗歌学会会长雷抒雁提出的。2008年雷抒雁写给陈昂的颁奖词"这个年近十八的青年，对诗歌如此的挚爱，他的诗小清新大智慧，读来让失眠的人酣睡，让酣睡的人苏醒，让苏醒的人行动，他是诗歌王国里的王子，精致高贵幽艳，我们相信诗歌王子会给中国新诗开启全新的明天，我们此刻所需做的是期待、期待！"随后各大媒体对陈昂的采访报道中多次以"诗歌王子陈昂"作为标题，时至今日，"诗歌王子陈昂"这一称号已深入人心。

2015年因一场大雪陈昂《漫天飞雪的日子》中诗句"漫天飞雪的日子/一定要约喜欢的人/出来走走/从村子的这头/走到那头/回家后/发现彼此/一不小心就手牵手/走到了白头"红遍大江南北。

2015年10月应中央电视台《中国诗词大会》节目组邀请参与节目录制。2016年《中国诗词大会》在中央电视台一套、十套播出,深受观众喜爱。同年在第22届上海电视节暨白玉兰颁奖典礼上,中央电视台选送的《中国诗词大会》获得"最佳综艺栏目"奖。

2016年7月《陈昂诗选》结集出版。2016年8月,应邀参加第十三届中国(滕州)微山湖湿地红荷节开幕式,并受聘"滕州微山湖湿地红荷风景区文化顾问"。

2016年10月陈昂受聘"中国红十字基金会行者基金形象大使"。

爱情的温暖

我想用
太阳投射的每一束光线
传递我的思念
在阳光下感受爱情的温暖

我想把
所有的阳光藏进信笺
寄给预言
做你专属的暖男

飞 絮

我仇恨思念
恐惧灼心的孤单
你说那不叫孤单
孤单往往行得更远
我不满飞絮缠绵
飞絮或许讨厌
你却说不失浪漫

走着走着就单身了

身后的故事一串一串
眼泪却早已流干
一个人的热情
无法点燃热恋的火焰
你把温度给了欲望
欲望抛给我的却是心酸
心酸冰冷了容颜
没有心跳的爱恋
走着走着就单身了
另一半

秋　波

那不是一望无际的湖泊
却有楚楚动人的秋波
或许不爱你的人会说笨拙
而我却为此失魂落魄
你有你的可爱与洒脱
我有我的大气与磅礴
不管你爱不爱我
我心依旧执着
不管秋波属不属于我
她已滋润了我的酒窝

寻人启事

我时常怀念和你一起的昨天
那种熟悉的感觉从未改变
在夜深人静的时候思念
拿着你的照片失眠
我们的城市相隔不远
却终日难以碰面
我时常在梦里写寻人启事
并把它贴满梦的空间

拐角处的玫瑰

拐角处躺着一束玫瑰
孤寂失落忧伤迷茫
仿佛风中的纸屑
漫无目的地飘荡
拐角处躺着一束玫瑰
上一秒的故事留给你想象
而我多想永远活在梦里
做踏雪而归的勇士
娶待字闺中的姑娘

为你写诗

为你写诗

玩转手中的笔

却笨拙得表达不出半点浪漫与甜蜜

为你写诗

勾勒诗意的相遇

在孤独的城市里

惟愿和你一起老去

爱情和婚姻需要彼此珍惜

爱情和婚姻能否相遇
究竟是为了情感
还是别有目的
一场风花雪月的秘密
只能深藏心底

幸福是心甘情愿地走下去
生命是不离不弃
一时的浪漫没有意义
白首不离的牵手需要勇气
无论生活带来怎样的打击
都要彼此珍惜

你是我的新娘

你是我的新娘
不化妆也很漂亮
一双温情的明眸
像微风拍打我的脸庞

你是我的新娘
是我恋爱的汪洋
一头乌黑的秀发
用芳香浇灌我的心房

你是我的新娘
我心中最美的姑娘
两个甜甜的酒窝
唤我进入梦乡

月殇

我着了魔的发狂
她冷得像深冬的寒霜
我痴了迷的幻想
却只留下了梦醒的哀凉
明明就在我的心上
却无奈到欣赏冷静的月光

蒙娜丽莎的眼

爱情就像蒙娜丽莎的眼
再小的优点
也能清晰地看见
美好就像是
一位美丽姑娘
对善良跛脚的爱恋

歪歪斜斜的路线
顷刻之间
成为迷人的风景线
丑陋的驼背
也被赋予
绅士弯腰的内涵

寂寞的人会感到孤单

忧伤的夜晚

渴望一个红颜

或是一份思念

通过天窗看蓝天

眼前拥有的是一片黑暗

寂寞的人会感到孤单

像一只蛐蛐行走在月光水岸

简简单单地向前

天亮后发现

不过是在原地失眠

除夕夜，她在凝望

远方的鞭炮声响

伴随着隔壁的歌唱

世界这一刻匆匆忙忙

祥和幸福洋溢在每个人的脸上

三十年前的姑娘

人老珠黄的沧桑

一个人在路口张望

对着一堵墙想象

一滴泪落在地上

或许能感动上苍

明年开春的日子

这个地方格外芬芳

充满花香

一道道忧伤的光

我们熟悉到模糊了印象

见面后只剩对望

准备好的话一句不讲

漫无目的地打量

心底滚烫的泪

飞进彼此的眼眶

化作一道道忧伤的光

流泪的石头

在月色的余晖里

剪寻一段温柔

看两条鱼儿漫步约会

轻松地谈论自由

捉只萤火虫

在黑暗里寻找安慰

当河水干枯时

石头也会流泪

我不知道你的咖啡什么滋味

无所谓的累让人沉醉
无所谓的醉让人很累
我不懂你
更见不得你独自流泪

一个人的醉
让两个人很累
淡淡咖啡中嗅不到丝毫的香味
爱你本是无怨无悔
为何最后
留下了满身的疲惫

睁着眼入睡

在熟悉的小道上
体会陌生的滋味
空空的街
让我不得不找个柱子依偎
或许是我的眼眶太窄
难以安放所有的眼泪
既然闭上眼分不清黑白
那索性睁着眼入睡

牡丹香是个温柔的姑娘

牡丹香是个温柔的姑娘

像挂在天边的月亮

让人情不自禁地仰望

牡丹香是个温柔的姑娘

像炎炎夏日的清凉

像瑟瑟寒冬的温床

牡丹香是个温柔的姑娘

她有一个不为人知的梦想

却要留给身边的人去想象

蒙了尘的爱情

淅淅沥沥的雨
能否下到我深爱的人心里
让她的内心浮起
浮起关于我的回忆
淅淅沥沥的雨
能否洗去蒙了尘的爱情
让它重生并焕发应有的生机

恋爱是一方永不停歇的温泉

我没有想过你的明天
我只知道我要过好和你的每一天
不要一遍遍地考验
我的肩膀不够宽
经不起太多的波澜
恋爱是一方永不停歇的温泉
它的温度
带给你的永远是舒适和坦然

影子里的温柔

是谁偷走了你属于我的记忆
我无论多么努力
都改变不了你行走的轨迹
我想和你一起分享甜蜜
你却把所有的温柔藏进影子里
若问相爱的人最遥远的距离
你我都在眼前
却难以走进彼此的心里

寂寞来敲门

落叶飞舞的季节
天地间只见夕阳
红枫腾飞
像一匹火红的狼
当我遮住一切光
准备入睡的时候
寂寞却悄悄地来到身旁
一次次地把门铃按响

写给我失恋的影子

一条路走了无数遍
却依旧感觉孤单
错过一个如此合拍的另一半
每个人都会心酸
我想不到该怎样劝你
我亲爱的伙伴
或许我们期许的爱情
与金钱物质无关
我想和你在一起
只因为你是你
看似简单
却要用一生去等待这个偶然

月姑娘的容颜

静谧的夜
和自己相恋
与影子共进晚餐
天上的月亮好圆
像蜂蜜堆积的磨盘
深藏心底的思念
化作一道幸福的光线
照亮月姑娘的娇羞容颜

爱情是一场美丽的太阳雨

太阳像雨水一样

从天而降

满湖的波影

瞬间变成无数个太阳

耀眼的光芒

让我一下子走进梦乡

睡梦中

你像电影一样

在我脑海里回放

最美的不是牵手的夕阳

是我们在一起浪漫的那段时光

月亮等待太阳直到天亮

月亮爱上太阳

就注定在寂寞的夜

等待天亮

太阳爱上月亮

就注定把光和温暖

留给对方

而后独自承担

深夜的凉

月亮和太阳永远不会出现在

同一个平面上

他们只能轮回遥望

他们只能在内心深处

把彼此的爱思量

桃花是哭红的眼睛

即便假装忘记
也躲不掉曾经的回忆
再美的故事也有结局
谁能看到
流进心里的泪滴

冷漠是伪装的逍遥
如若不是看到桃花的容貌
怎会知道
为爱哭红双眼的故事
不只是一个玩笑

解不透的爱情命题

爱情是

这般的美丽

你寻不到它的规矩

却为它深深地着迷

爱情是

这般的无理

你装作毫不在意

却时刻放在心里

爱情是

这般的神秘

无论在谁的生活里

它都是解不透的命题

爱情火锅

你说的理由再多
不过是对爱的不负责
是不得已的错过
还是从来没有爱过
你表现得洒脱
而我倍感折磨
再美的青草坡
也不是鱼儿的生活
你给的高温度
对鱼儿来说
不过是游进了火锅

最美的交杯是一醉方休

我深信

真正的爱情

天长地久

我深信

最美的交杯

一醉方休

如若必须给爱情

一个承诺

那便是

至死不休

两个车轮的爱情

我喜欢
沿着你的轨迹
把风景看遍
像后轮对前轮的爱恋
在你回眸的每个瞬间
我都陪在你的身边
每辆自行车
前轮和后轮都是一条直线
哪怕路途遥远
距离永远不变

丢了的相片

想到你的名字

却丢了你的相片

你的容颜

定格在初恋

有个影子熟悉到茫然

无助到离视线越来越远

现实生活的杂念

将夜晚切成碎片

棉被包裹着身体

一个人在床上失眠

写给自卑的姑娘

告诉你
自卑的姑娘
要一个人学会坚强
拿着蜡笔涂鸦内心的彷徨
画一个五彩缤纷的妆

告诉你
自卑的姑娘
不要把幸福藏进眼眶
我怕有一天
眼泪不小心将它烫伤

挥之不去的遗憾

事实上
有月光的地方
就有黑暗
但总有一个地方
是记忆里
挥之不去的遗憾

曾经的美好在脑海里
剪截的一段一段
岁月里的影子
时常让我猛然思念

爱情装睡

如果爱情装睡
不如姑且加上一床棉被
即便装睡
也睡得别有滋味

装出来的无所谓
实际是一种撕心裂肺
明知是叫不醒的装睡
还为梦甘愿陶醉

隔岸牵手

如果时间拉伤了距离
对你将不再痴迷
隔岸牵手的年纪
本该活得无所顾忌

一片枫叶的勇气
足以染红整个秋季
我对你的思念
淹没在百草丛生的日子里

一个丑陋的疤

羞涩的青春记忆
是我不忍翻开的青春篇章
曾经沉浸的童话
在某一刻
让我不能自拔

梦寐以求的她
总是可爱得冲昏头脑
不顾一切去犯傻
或许忐忑不安的内心
有一个丑陋的疤

姑娘在眺望

那是淡然在彷徨
将忧伤写在脸上
阳光明媚的午后
一如既往的念想

你看风景的栈桥上
曾有一位美丽的姑娘
和今天的你一样
也在向心爱的地方眺望

风筝的线

爱像天空的风筝
飞得再高
也不会滑落爱人的指间
情像指尖的风筝线
任凭风儿的呼唤
也不愿一个人孤单

爱你的心依旧孤单

今日今时今刻的你
是否也在想念昨日昨时昨刻的我
斗转星移的爱恋
能否留住你的思念
我的挂牵

一个人的岸边
看海风尽情起伏着波浪的跌宕
在波浪起伏跌宕间
爱你的心依旧孤单

恋之歌（初恋）

甜甜的味道

若隐若现般微妙

两颗渴望的心

却装作什么都不知道

甜甜的味道

是那般纯洁美好

整日里一个人呆呆地傻笑

笑容里的秘密只有自己知道

恋之歌（热恋）

心和心的承诺
背靠背的依偎
忘我的思念
寸步不离的拥抱

两个人的世界
不大不小
眼里心里满满的幸福
嘴角脸上常常不经意的偷笑

火热的眼神
无言之中筑起了爱巢
不大不小
足够两个人相依相靠

恋之歌（失恋）

停顿的时间
搁浅的记忆
飘零的花瓣
天很蓝
但总有种说不出的灰暗
水很清
但总有种写不出的浑浊
一杯白开
足以喝出千古忧愁
一件琐事
足以让我思绪万千
我疯狂地冲进书房
翻遍所有的古今词典
却没有找到心中的那种感觉
我失望了
微风吹过
吹开了新买的词典
我愣住了
我笑了
因为那页上面有一个词叫失恋

欲望是梦想的催化剂

恋爱源于最初的私欲
和不想让第三者
知道的秘密
一切美好的东西
都穿着利益裁剪的嫁衣

婚姻是个看似保险的交易
因为女人结婚后
流的每一滴泪
都是热恋时脑子进的水
在这一刻变得有理有据

且行且珍惜

爱情美得让人沉迷
拥抱是那般容易
从恋爱到牵手
谈及婚姻实属不易
且行且珍惜

不要被欲望迷失了自己
学会疼自己
给自己找双手臂
不要轻言放弃
切记 切记
且行且珍惜

你不曾相遇的风景

我们这里不下雨
街道也不拥挤
很大的一片空地
只有我一人
孤独的
蜷缩在街角哭泣

多情病忧忧地眷恋

相遇后不经意的开口
伴着青涩与娇羞
你回眸的刹那
一股暖意涌上心头
不舍的告别
不曾相识的离愁
那一刻的我仿佛病忧忧

化妆的女孩最自信

化妆的女孩

喜欢把快乐写在脸上

她们并不在意自己的模样

她们喜欢迎着光的方向

畅谈自己的理想

化妆的女孩不一定漂亮

但她们自信开朗

她们懂得取舍

知道什么场合该穿什么衣裳

你是个像月亮一样娇羞的姑娘

在夜色中听流水的声响

默默地勾勒你迷人的模样

你不像太阳像月亮

你是个像月亮一样娇羞的姑娘

你腼腆的目光

温柔了星星的脸庞

和你在一起的日子

让我情不自禁地幻想

幻想和你一起把夜变长

让月光照亮每个寂寞的情郎

写给名叫燕子的姑娘

南方的花有多美丽
南方的燕子有多迷离
生活是一潭静如冰的水
水里的鱼对生活充满好奇
我们素未谋面
我也未曾目睹你的魅力
但我深信满脸娇羞的你
是手捧珍珠的妙龄少女

鱼在水里飞翔

鱼在水里飞
水是鱼的翅膀
潇洒自如地滑翔
连水波都充满力量

云是风的衣裳
风是雨的新娘
满池荷花
只有一枝没有绽放
它要开给心仪的姑娘

生活就是这样寂寞着寂寞着

温柔被我写成一首歌
泪水浇灌生命沙漠里的花朵
路太多走着走着迷失了自我
我也不知道自己究竟有没有后悔过
很多时候不去想值不值得
匆匆地来匆匆地去
我只是一个生活的普通过客

一个人在路上
自我安慰自我折磨
站在山顶对月亮说
能否化身我的老朋友陪陪我
再美的音乐又如何
我需要的不过音符几个
想见的人有几个
其中还有一去不回的寂寞
把以前收藏的日子拿出来咀嚼
生活就是这样寂寞着寂寞着
何须对他人说

女人比男人漂亮

山比山高
水比水长
飞禽雄比雌美
走兽容貌一样
女人比男人漂亮
天空有太阳有星星有月亮
心情有喜悦有平淡有忧伤

相遇是偶然相爱是姻缘

亲爱的
我要为你撑起一片天
让你生活得幸福且有尊严
爱情没有谁对谁的亏欠
只有不离不弃的陪伴
相遇是偶然相爱是姻缘
生活是海爱情是帆
生命是一艘大船
从下海的那一刻就注定勇往直前
人生是一场远行
一场远行若有爱情相伴
会变得幸福浪漫

我想问，我钟情的玫瑰

我想问

我钟情的玫瑰

是否和喜欢的人选择情人节结婚

就可以做一辈子的情人

我想问

我钟情的玫瑰

情人节在情人的眼里是什么滋味

是天冷时的叮咛

还是白首不离的纯真

情人是彼此带刺的玫瑰

偶尔的小痛换来

相厮相守的依偎

如若你有意留给我一条爱情小道

或许远远地看着

你才能发现我的好

我渴望的爱情是被需要

哪怕没有花容月貌

哪怕我们并不富有

但彼此是唯一的依靠

我讨厌虚情假意的玩偶

更憎恨不择手段的金钱肉票

你是我的骄傲

我是你拒绝别人的一切借口

除了我没有人能让你发自心底地笑

如若你有意留给我一条爱情小道

我会像专业运动员一样奔跑

一生不长却足够证明

你选择我是多么的睿智可靠

我曾经和你在梦里看海

我曾经和你在梦里看海
静静地搂你入怀
那种感觉世间无物替代
我曾经和你在梦里看海
睡梦中你填补了
我情感的空白
像一个爱的魔咒
送我一只斑驳的轻舟
把我一个人置身大海
而你却悄悄地离开

把祝福之花放在门外

你问我

有没有见过

天边的云和树

我说难道你知道路

既然无法到达

又何必把往事重数

与其偷偷地进来悄悄地离开

不如把祝福之花放在门外

等需要的人来摘

眼泪偷偷地融化

梦想开始萌芽

干干净净地迈着

这一世的执著步伐

双手合十的祷告

能否让我靠近心里的他

半步之外即天涯

欣赏落花

眼泪偷偷地融化

生命中的真爱

或许平凡的生活
可以淹没
一个人的才情
但生命中的真爱
会让你走向下一个巅峰

或许此时你的身边
有一股寒风
但生命中的真爱
会把它变成一个暖冬

眼眸藏不住忧伤

远方的风铃在歌唱

天边的夕阳

歪歪斜斜地张望

我看到篱笆内

有一位美丽的姑娘

把一片片的枫叶拣藏

不知此时

姑娘是爱怜

还是思念情郎

初恋躲在对方的眼里

初恋是
两个不成熟的个体
尝试结合
你侬我侬地在一起

初恋是
两个人神经兮兮
悄悄地说一些
不是秘密的秘密

最美的风景在哪里

你问我最美的风景在哪里

我说最美的风景在眼里

你问我最美的风景在哪里

我说最美的风景在梦里

你问我这里的风景为何美丽

我要大声告诉你

因为这里的风景有你

你问我为什么梦里的风景最美丽

我说梦中是我们

醒来是自己

给沙子施上魔法

给沙子施上魔法
让贪婪者满眼金沙
多少平凡人
把手里的一颗细沙
看成珍珠的刹那
都不知欲望如此可怕
超越是自我的追求
像生命一样开花
懂得是幸福的升华
看透是悲剧的萌芽

摸不着的想念

你是我摸不着的想念
又怎会偷走属于我们的时间
你是我渴望已久的浪漫
又何必抱怨相聚的短暂
你是造梦主的眼睛
把目光移向旁观者的刹那
我注定失眠

苏凡的爱情

苏凡的爱情没有背叛
当无能为力的时候
他选择自己承担所有的苦难
苏凡的爱情是一种信念
给予爱人的是幸福和甜
假如你说喜欢夜空的浪漫
苏凡会把最亮的一颗星星摘给你看

寂寞的找不到边的夜晚

在寂寞的找不到边的夜晚
我曾无数次地卷帘
漆黑的夜遮挡了视线
距离却挡不住思念
困倦敌不了失眠
月亮也躲得好远

你的心里飘着雪

真心的祝福何必亲口说
要不要我去你的梦里
告诉你我多么寂寞
是谁骗我说记忆里的雨停了
却没人对我说
你的心里飘着雪
藏在你心里的我
又冷又饥又渴

因为懂得所以寂寞

谁能把悲伤还我
让我一个人静静地咀嚼
看懂了生活又何必说破
因为懂得所以寂寞

蒙上双眼
跑得再快也跑不出夜色
不必较真生活
寂寞的夜总有小雨陪着

我多想把已逝的时光典当

一个人在没船的渡口张望
想去的地方都已打烊
我多想把已逝的时光典当
背上行囊牵着你的手闯荡
最美的风景在远方
所以聪明者一直在路上
假若湖上的景色在湖里看
你是选择相信还是遗忘

来一杯名叫冷漠的饮料

你的身边有几个人
能读懂你的心跳
当激情退却
你是期待下一次的高潮
还是在平淡的生活里舞蹈
生活里有一杯名叫冷漠的饮料
糊涂的时候遇不到
清醒的时候喝不了

捡拾你忽略的美

我在你的背后
却成为不了你的影子
但请相信
总有一个人
在你背后
捡拾你忽略的美

大河里的故事

我不喜欢的还有很多
只是没有对你说
每个人都有自己想要的生活
谁会为了谁改变什么
生活是一条奔腾不息的大河
大河里的故事很多很多
你有你的思想和感觉
我有我的追求和忧乐

爱情冷风

冰冷的风冷冷地吹了我一宿
吹冷了我的身子
也吹凉了我的心
我正努力将你忘掉
就像你忘掉我的好一样的忘掉
我很爱你
你却掏空了我爱的心
你逗我笑
可再也拾不回往日的笑
我不要哭
可泪水早已将双目模糊掉
流进心里的泪
就像盐酸一样
将我爱你的心灼烧
如果爱是一种痛苦的煎熬
我宁愿不要

镜子里的自己多么孤单

寂寞的夜晚

多么渴望心爱的人相伴

而你远离了视线

留下我和孤单

冰冷的眼泪哽咽着吞咽

一个人久久不能入眠

坐在窗畔

望着玻璃上的影子自言

给自己一个拥抱

镜子里的你能否感到温暖

热闹的雨总是在路上

从小到大
经历过无数次下雨
热闹的雨总是在路上
不想狼狈的你
为什么选择在狼狈的天气相遇
雨水淋湿的不仅是自己
还有没伞的我和你

爱情是一只拥有七色羽毛的飞鸟

爱情是我熟悉了你的生活
你传染了我的味道
两颗心没有理由的依靠
爱情是想到你的笑而笑
即使远隔千里也要说到就到
爱情是一只拥有七色羽毛的飞鸟
暴雨过后才能听到它的鸣叫

爱情里的低头和碰头

我深信相爱的人

每次言语不和的转身

都会碰头

因为嘴上说着离去

却悄悄地跟在彼此的身后

如若看着对方远走

都会情不自禁地低头

下一刻相遇

都会若无其事地环顾左右

伊人伊人

伊人啊 伊人
你在何方
有多少不能接受
恰似伊人的习以为常

伊人啊 伊人
你在何方
年轻的装扮
只为配上绚烂的衣裳

伊人啊 伊人
你在何方
天空的那点光亮
是不是你呼唤的太阳

爱或不爱

爱
请深爱
不爱
请离开

爱
不要在心扉外徘徊
爱
要涓涓细流水常在

爱的思维已短路

不哭
眼已模糊
想哭
又装作毫不在乎

不是不看
是低头抽搐
不是不想
是思维短路

你是我的缘

如果爱需要欺骗
我宁愿停止不前
如果爱需要誓言
我怕一辈子说不完

我说不出爱你的理由
只知道
你是我不爱别人的理由
人生路上脚印有深浅
但你是我的缘

不管路途有多么远
我要和你幽会薰衣草畔
不管时光要多久
我要和你看阳光轻吻海滩
单车后背漫步夕阳间

老婆最漂亮

老婆最漂亮
不需要华丽的衣裳
一个淡淡的妆
像蜜一样
甜进老公的心房

老婆最漂亮
无与伦比的想象
给老婆一个肩膀
将老婆捧在手上

告诉我圆圆的月亮

你的眼睛会说谎
曾经清纯的脸庞
如今布满了沧桑
万般无奈的想象
像乞讨者一样流浪
经历风雨的时光
才更容易理解下一站
来临前的慌忙
今夜为何如此凉爽
告诉我
圆圆的月亮

我的爱情分为两半

我的爱情分为两半
一半光明一半黑暗
有你的地方幸福温暖
没你的地方只剩黑暗

爱情琥珀

为了理想的生活
我们从象牙塔逃进纳木错
却在逃亡中
一次次迷失了自我
不是陷到爱的漩涡
就是跌进爱的沼泽

爱情究竟是最美的旅途
还是居无定所的漂泊
理想的生活是什么
是不是一种叫作幸福的液体
把我们做成最精美的琥珀

爱情也会流眼泪

每个相爱的人
从相识到约会
到最后的比翼双飞
都是那么的美

当激情的咖啡变成美味
谁又能够想到往日的憔悴
执迷不悟不知道为了谁
美其名曰
再给自己一次机会
难得糊涂的你
为何此刻偷偷流下眼泪

失忆的尽头是回味

我把思念给了温柔
我把孤独留给自己
在寒冬飘雪的日子里
你是否在我想你的时候
一个人在思念中流泪

思念的尽头是失忆
失忆的尽头是回味
反反复复的失忆
像丘比特的箭
四面八方把我包围

喜欢你的简单

原以为
我喜欢你
就像平静的海面
没有海风的日子
安静的陪你

深爱后
我才发现
生活没有那么容易
我不喜欢简单的你
我喜欢你的简单

有爱的世界天不黑

有爱的世界天不黑
有你的世界就有家
最难的时候你不怕
给我勇气去策马

千古佳话 轻弹琵琶
一腔思念 满怀牵挂
有爱的世界天不黑
有你的世界就有家

不要遗失了沙漏里的时光

不要遗失了沙漏里的时光
那里有最美的月亮
当夜幕披上银色的情侣装
我在遥远的方向
默默地想念
想念东湖旁的长廊
想念你长发上的花香

守护它的日子总比一个人好过

送你一枚钻戒
我留一个空盒
守护它的日子
总比一个人好过

爱无须诉说
苦点累点怕什么
只要有你
生活就不会寂寞

暖男情诗

NUAN NAN QING SHI

愚不可及的爱恋

爱是那般的愚不可及
两个人的爱情
就像爱琴海
左眼是渴望
右眼是无奈

爱是那般的愚不可及
在冰天雪地里
肆无忌惮
两个人的世界
却承载了整个宇宙的浩瀚

左岸右岸心里心外

左岸的男孩
在虚拟的世界里谈情说爱
右岸的男孩
踮起脚尖在窗外

左岸右岸的距离
心里心外的等待
虚拟世界里的天籁
不如窗外男孩的独白

为爱痴迷

无奈的光阴
拉长时间的距离
怦然心动的回忆
让我为爱痴迷

身居岛城的我
深深牵挂他乡温柔的你
此时此刻的你
是否也在牵挂我
也在为爱痴迷

我想我想

我想
用最细腻的言语
倾诉爱的柔情
我想
用最有力的臂膀
拥抱最美的爱
我想 我想

流沙有爱

遗失的爱情
就如涛水冲洗的流沙
握紧的拳头
也无法将沙子留下

一个人的夜晚
喝一杯寂寞的茶
祈祷风儿
陪陪失落的她

我和你忽远忽近

那么近的距离
心却离得那么远
那么远的距离
心却靠得那么近
或许同样的距离
同样跳动着的心
会有不一样的脉搏
不一样的感觉

晚一秒的爱情

我习惯了
跟着你的节奏奔跑
你的每次转身
都会看到一个温暖的怀抱

我习惯了
凡事比你晚一秒
你说这种感觉
刚好

如果没有遇见你

如果没有遇见你
我不会每天都有牵挂
在漆黑的夜里

如果没有遇见你
我不会为小事皱眉
在想你的夜里

爱情画卷里的一滴泪

我多想用爱情的笔

把你写进画里

可是谁会留意

秋风吹起

树叶瞬间包裹了

我为你流下的泪滴

我把我们编写在故事里

雪花变成了细雨
敲打着寂寞的窗台
在昏暗的灯光下
我把我们编写在故事里

我是如此思念你
在寂静的夜里
即使听众只有星星和月亮
也要把我们的故事一遍遍讲给你

我到底装的像不像

我不是你的信仰
不值得你为我悲伤
明明看见了你闪烁的泪光
你却装作若无其事一样

我不是你的信仰
不值得你为我悲伤
明明知道你很爱我
我却装作若无其事一样

爱在心底口难开

朦胧中

月色撒下淡淡的余晖

黑夜里

我向着你的方向遐想

此时啊

我的心像大海中的浪花

风吹过

我心依旧暖暖的

此时啊

我沉默了心静了

我什么也不想说

我什么也不想做

我只想默默地看着你

你轻轻地捋动那飘逸的秀发

你带着淡黄色的发卡

此时啊

我什么也不想说

我什么也不想做

我只想让风吹过

让它悄悄地告诉你

爱在我心底

天若有情天亦老

淡淡的夜
载着我绵绵的情
柔柔的风
让我丝丝躁动
内心的爱无法用言语诠释
我只有微闭双眼
在风中聆听
在黑夜中相遇你的眼睛

埋葬爱情

你对我的好
像魔鬼一样将我环绕
在我失意的时候
你总会给予火辣的拥抱
爱的温度
在两个胸脯间逐渐升高
真的希望你过得比我好
绝不要在幸福面前输掉
至于我
又怎会妒忌你的幸福
因为分手的那一刻
祈祷已密封了所有的爱潮

爱的离骚

离开你
是为了你好
我的泪水暗含了心跳
曾经无数次的炫耀
此刻已落寞荒芜掉
缤纷的色彩固然美妙
却不比生命重要

怦然心动的烂漫

卑微的幸福
让人心酸的甜
颤抖的坚强
写满了沧桑的脸

岁月的风
磨尽了年少的风华
呆滞的凝眸
传递着怦然心动的烂漫

梦　境

是你走进了我的梦里
还是我躲进了你的心里
是你带给我梦境般的甜蜜
还是我独自陶醉情不自已

梦是如此的甜蜜
甜蜜到分不清梦里梦外的自己
梦是如此的神奇
神奇到分不清梦里梦外
哪个是我哪个是你

三万六千五百个日出的愿望

我愿 我愿
我愿牵着你的手
看三万六千五百个日出
我愿揽着你的肩
过十个十二生肖年

我愿 我愿
我愿陪你看透风景
我愿带你登月飞天
我愿采撷最美的花儿
我愿做成世界上最美的花环
送到我最爱的女孩面前

婚姻需要精神上的门当户对

爱情需要讲究分寸
留一朵神秘的花蕾
贱卖自己的爱情
你会感到生活的乏味

婚姻是爱情的延伸
时间越久物质越是负累
只有精神上的门当户对
才能换来幸福
才能让日子过得有滋有味

漫天飞雪的日子

漫天飞雪的日子
一定要约喜欢的人
出来走走
从村子的这头
走到那头
回家后
发现彼此
一不小心就手牵手
走到了白头

漫天飞雪的日子
一定要约喜欢的人
出来走走
大手拉着小手
紧贴彼此的胸口
这么美的景色
世界上没有人会看够